Seelenführer Luchs

Wie Sie Luchskräfte in sich aktvieren können

Es gibt einen Weg,
den niemand gehen kann außer dir.
Wohin er dich führt?
Frage nicht.
Gehe ihn.

Friedrich Nietzsche

FSC

www.fsc.org

MIX

Papier aus ver-
antwortungsvollen
Quellen
Paper from
responsible sources

FSC® C105338

Herbert Gerstl

Seelenführer Luchs

Wie Sie Luchskräfte in sich aktivieren können

Bibliografische Information der Deutschen Nationalbibliothek:

Die Deutsche Nationalbibliothek verzeichnet diese Publikation in der Deutschen Nationalbibliografie; detaillierte bibliografische Daten sind im Internet über http://dnb.dnb.de abrufbar.

Herstellung und Verlag: BoD – Books on Demand

ISBN 978-3-8482-3799-9

Inhaltsverzeichnis

Dies ist kein wissenschaftliches Buch über den Luchs, sondern ein spirituelles. Die scheue Waldkatze, die in jüngster Zeit aus Osteuropa wieder in den Bayerischen Wald heimgekehrt ist, ist nicht nur eines der schönsten Tiere, das hier lebt, sondern auch ein Kraft- und Seelentier für den Menschen. Es besitzt Eigenschaften und Fähigkeiten, die auch der Mensch für sich nutzen kann.

Dieses Buch möchte dazu einladen, dem inneren Luchs auf die Spur zu kommen und die Seelenkräfte, die tief in uns verschüttet sind, wieder zum Leben zu erwecken. Deshalb gliedert sich jedes Kapitel in einen allgemeinen Text und eine Übung, wobei die Übung wichtiger ist als der Text.

Sämtliche Fotos in diesem Buch wurden im Nationalpark Bayerischer Wald aufgenommen. Mit zwei Ausnahmen stammen sie alle vom Autor. Die Fotos auf den Seiten 33 und 74 wurden mir freundlicherweise von Herrn Hugo Strohmenger zur Verfügung gestellt.

Wenn Sie, lieber Leser, liebe Leserin, die Luchskräfte in sich aktivieren wollen, dann nehmen Sie sich jeden Tag mindestens 15 Minuten Zeit für ein Kapitel und eine Übung. Je öfter und intensiver Sie üben, desto stärker erwacht der Luchs in Ihnen, umso mehr Luchskräfte fließen Ihnen zu.

Der Autor

Faszination Luchs

An einem warmen Frühlingstag wanderte ich in den späten Nachmittagsstunden durch das Tierfreigelände des Nationalparks Bayerischer Wald bei Neuschönau. Ich kam zur oberen Aussichtskanzel des Luchsgeheges und war von einer inneren Anspannung erfüllt. Würde sich der Luchs heute zeigen? Die Kanzel war menschenleer und eine seltsame Stille lag in der Luft. Zunächst war ich wie mit Blindheit geschlagen, doch dann sah ich sie. Die Luchskatze lag auf einem kleinen Felsvorsprung etwa 20 Meter vor mir. Dank ihres getarnten Felles hatte sie sich fast unsichtbar gemacht. Bewegungslos lag sie da und ließ die warmen Sonnenstrahlen des vergehenden Tages auf ihren Pelz scheinen. Nichts schien sie zu interessieren oder zu bewegen. Nach einer halben Stunde hob sie plötzlich den Kopf, stand langsam auf, streckte und dehnte sich nach Katzenart und verschwand dann auf leisen Pfoten im Unterholz des Waldes.

Ich hatte die ganze Zeit bewegungslos verharrt und nur auf den Luchs geschaut. Langsam löste ich mich aus meiner Starre, schüttelte mich und wanderte frohgelaunt weiter zum nächsten Gehege.

Der Luchs ist nicht nur eines der schönsten, sondern auch der geheimnisvollsten Tiere im Nationalpark Bayerischer Wald. Vor

150 Jahren wurde er von den Menschen als Raubtier verfolgt und fast ausgerottet. Erst in jüngster Zeit ist diese scheue Waldkatze freiwillig aus Osteuropa wieder in den Bayerischen Wald zurückgekehrt. In den beiden großen Tiergehegen bei Neuschönau und Ludwigsthal kann dieses faszinierende Tier aus nächster Nähe beobachtet werden. Einem Luchs in freier Wildbahn zu begegnen, ist dagegen äußerst unwahrscheinlich. Und selbst wenn der Wanderer im Wald Luchswege kreuzt, hält sich dieses Tier diskret versteckt und meidet jeden Kontakt mit Menschen.

Dennoch gibt es in den weiten Wäldern des Böhmerwaldes und des Bayerischen Waldes freilebende Luchse. In den 90er Jahren des vergangenen Jahrhunderts wurde in Tschechien ein Wiederansiedlungsprojekt von Luchsen gestartet. Einige von diesen Tieren sind über die offene Grenze nach Bayern gewandert. Mit Hilfe von Kastenfallen konnten Luchse gefangen, mit einem Sender versehen und dann wieder in die Freiheit entlassen werden. Auf diese Weise lässt sich das Verhalten des Luchses in freier Wildbahn noch besser beobachten und verstehen.

Am schönsten hat schon vor 800 Jahren die Äbtissin Hildegard von Bingen in ihrer

„Naturkunde" den Luchs beschrieben: „Der Luchs geht immer seinem Willen nach und tut, was er will. An der schönen und hellen Luft im Sommer und an der Sonne freut er sich, aber auch am Schnee im Winter. Und weil er seinem Willen folgt, leuchten seine Augen gleich Sternen in der Nacht."

Damit ist der Luchs nicht nur ein Tier des Waldes unter vielen anderen, sondern ein Kraft- und Seelentier für den Menschen. Was fasziniert mehr: sein achtsamer Gang, seine wachsame Präsenz, sein „luchsuriöses" Fell, seine funkelnden Augen oder seine innere Achtsamkeit? Wie ein Zen-Meister, den nichts mehr erschüttern kann, sitzt der Luchs mit halb geschlossenen Augen auf seinem Felsen und schaut den Betrachter mit seinem durchdringenden Blick an. Was möchte er uns sagen? Welche Botschaft hat er für uns stressgeplagte Menschen, die keine Zeit mehr haben still dazusitzen und zu meditieren?

Übung:

Nehmen Sie sich eine halbe Stunde Zeit und tauchen Sie ein in die Welt des Luchses. Betrachten Sie die Luchsbilder in diesem Buch. Legen Sie eine Luchs-DVD in den Rekorder und lernen Sie dieses scheue Tier des Waldes noch besser kennen. Informieren Sie sich im Internet über den Luchs. Unter www.luchs-erleben.de erfahren Sie weitere Fakten über das Luchsforschungsprojekt im Nationalpark Bayerischer Wald. Schließen Sie die Augen und stellen Sie sich vor, wie Sie heimlich einen Luchs im Wald beobachten. Auf diese Weise wachsen Ihnen Seelenkräfte zu, die auch den Luchs auszeichnen: Achtsamkeit, wachsame Präsenz, innere Ruhe.

Luchsgehege

Im Nationalpark Bayerischer Wald gibt es innerhalb der Tierfreigelände zwei große Luchsgehege, eines bei Neuschönau, das andere in Ludwigsthal. Beide Naturareale sind großzügig und weiträumig angelegt, sodass sich diese scheuen Waldkatzen auch vor dem Menschen verstecken können. Dennoch muss gesagt werden, dass der Luchs in einem Gehege eingesperrt ist und nicht seinem natürlichen Freiheitsdrang nachgehen kann. Tiere in Gehegen zu präsentieren, ist in einem Nationalpark, in dem alle Geschöpfe unbeeinflusst vom Menschen leben können, ein Ausnahmezustand. Tiere, die in freier Wildbahn nur sehr selten zu sehen sind, können auf diese Weise für den Besucher erlebbar gemacht werden. Ihre Lebensweise, ihr typisches Verhalten, ihre Rolle im Leben der Wälder und ihr wechselvolles Schicksal mit dem Menschen werden anschaulich gemacht. Die eingesperrten Tiere werden somit zu Botschaftern für ihre freilebenden Artgenossen, zu Zeugen für ein friedliches Miteinander von Pflanzen, Tieren und Menschen.

Ein frei lebender Luchskuder benötigt als Revier ein Areal von 120–400 Quadratkilometer; ein weiblicher Luchs 100–150 Quadratkilometer. Diese Fläche ist in einem Gehege natürlich nicht gegeben. Der Luchs passt sein Verhalten entsprechend den neuen Gegebenheiten an. Er muss nicht mehr selbst auf Jagd gehen und für Nahrung sorgen, sondern wird mit totem Fleisch beliefert. Auch muss er sich nicht mehr an die natürliche Fortpflanzungszeit halten – die Ranzzeit von Luchsen liegt von Februar bis April – sondern kann während des ganzen Jahres Nachkommen zeugen. Dies wäre in freier Wildbahn unmöglich, denn die jungen Luchskatzen müssen ein halbes Jahr aufgepäppelt werden, damit sie den ersten Winter überstehen können. Nur 50 Prozent der Jungtiere überleben den ersten Winter, weitere 25 Prozent werden im nächstfolgenden Jahr durch Krankheiten oder den Straßenverkehr getötet.

In einem Gehege ist dies natürlich anders. Der Luchs muss nicht mehr für sein eigenes Überleben sorgen, sondern wird zu einem Botschafter für seine frei lebenden Artgenossen. Damit verändert er auch sein artgerechtes Verhalten. In der freien Natur ist er nachts aktiv, um zu jagen, am liebsten in der Dämmerung, und schläft tagsüber. In einem Gehege sollte es genau umgekehrt sein, denn die Besucher, die tagsüber kommen, wollen den Luchs live erleben. Am liebsten liegt der Luchs auf einem Felsen, um sein Fell von der Sonne bescheinen zu lassen oder geschützt unter Bäumen. Ein typisches Verhalten im Gehege ist das Laufen entlang des Zaunes. Dafür kann es zwei Gründe geben: Entweder wartet er auf seine Essensration oder er sucht gleichsam das Schlupfloch im Zaun, das ihn in die Freiheit führt. Ein Zeichen dafür, dass tief in ihm drinnen immer noch das Raubtier existiert, auch wenn er schon Jahre in einem Gehege verbracht hat.

Geht es uns Menschen nicht auch manchmal so wie einem Luchs im Gehege? Wir fühlen uns eingesperrt von den Zwängen einer immer härter werdenden Berufs- und Arbeitswelt. Wir müssen Geld verdienen, um den eigenen Lebensstandard zu halten und unsere materiellen Bedürfnisse zu befriedigen. Und wenn wir wirklich einmal freihaben, können wir mit unserer freien Zeit nichts anfangen und setzen uns vor den Computer. Wir haben den Kontakt zur Natur verloren und wissen nicht mehr, wann wir das letzte Mal im Wald gewesen sind und ein Eichhörnchen gesehen haben. Wir sind gefangen und denken angestrengt über einen Ausweg nach, denn tief in uns drin existiert noch ein Funke, der sich nach Freiheit sehnt. Also laufen wir so wie ein eingesperrter Luchs tagaus, tagein am Zaun unseres Lebens entlang. Wir riechen förmlich durch den Maschendraht die Freiheit, die auf der anderen

Seite des Zaunes zu liegen scheint, sind aber nicht fähig das Schlupfloch zu finden. Wir haben Angst, das Gefängnis, das wir uns selbst gebaut haben, zu verlassen.

Übung:

Bleiben Sie einen ganzen Tag von morgens bis abends in Ihrer Wohnung, sofern Sie nicht zur Arbeit müssen. Betrachten Sie einen ganzen Tag lang Ihre Wohnung als Ihr persönliches Luchsgehege. Sie können sämtliche Hausarbeiten wie sonst auch verrichten. Gehen Sie immer wieder in Ihrer Wohnung auf und ab. Schauen Sie zum Fenster hinaus. Öffnen Sie ein Fenster, um die frische Luft zu riechen. Gehen Sie auf den Balkon. Legen Sie sich wie ein Luchs in die Sonne, um Ihren Pelz aufzuwärmen. Wenn Sie ausgeruht sind, dehnen und strecken Sie sich wie ein Luchs.

Machen Sie Yoga, Pilates oder eine Meditation. Schließen Sie die Augen und folgen Sie Ihrem inneren Luchs in das Unterholz Ihres Bewusstseins, dorthin, wo die Ängste und Verletzungen aus der Kindheit sich versteckt halten und immer wieder hochkommen. Schauen Sie diese Ängste und Verletzungen an, ohne sie zu bewerten oder sich selbst zu verurteilen. Versuchen Sie zu verstehen, wie diese alten Gefühle auch heute noch Ihr Leben einschränken und mit Angst durchsetzen. Bleiben Sie achtsam wie ein Luchs! Genießen Sie den Tag, den Sie ganz allein mit sich in Ihrem Luchsgehege verbringen! Denn Sie wissen ja: Morgen dürfen Sie Ihr Gehege wieder verlassen.

Luchsfreiheit

Seit einigen Jahren gibt es in den weiten Wäldern des Böhmerwaldes und des Bayerischen Waldes wieder frei lebende Luchse. Sie sind aus Osteuropa und hier vor allem aus den Karpaten durch ein zusammenhängendes Waldgebiet wieder in ihre alte Heimat zurückgekehrt. Dies wurde auf tschechischer Seite durch ein Wiederansiedlungsprojekt unterstützt. Ein erwachsener männlicher Luchskuder benötigt für sein Revier circa 120 bis 400 Quadratkilometer, ein Weibchen begnügt sich mit 100 bis 150 Quadratkilometern. In einem Luchsrevier leben normalerweise ein, manchmal auch zwei oder mehr Weibchen. Der Luchskuder dagegen ist ein typischer Einzelgänger, der in seinem Revier keinen anderen fortpflanzungsfähigen Konkurrenten toleriert.

Im Nationalpark Bayerischer Wald läuft seit einigen Jahren ein Luchsforschungsprojekt, welches mithilfe von Telemetrie das Verhalten frei lebender Luchse beobachtet und erforscht. Dazu werden mithilfe von Kastenfallen Luchse in freier Wildbahn gefangen, narkotisiert, mit einem Sender, der modernste Technologie enthält, versehen und dann wieder in die Freiheit entlassen. Kommt der Luchs in den Sendebereich eines Handymastes, schickt er Signale an die Einsatzzentrale. Diese kann dann den Standort des

Luchses, die Wanderroute der letzten Tage und sein genaues Verhalten gegenüber seinen Beutetieren Reh und Rotwild genau analysieren und festhalten. Auf diese Weise möchte man erreichen, dass der Luchs mehr Akzeptanz in der Bevölkerung gewinnt. Unter www.luchs-erleben.de können Sie mehr Informationen zu diesem Forschungsprojekt abrufen.

Ein frei lebender Luchs ist tag- und nachtaktiv. Am häufigsten befindet er sich in der Dämmerung auf der Pirsch. Er schleicht sich an sein Beutetier heran, springt es mit einem gewaltigen Sprung von hinten an, packt es mit den scharfen Krallen der Vorderpranken und tötet es mit einem gezielten Biss in die Kehle. Der Luchs ist ein reiner Fleischfresser. Seine wichtigste Nahrung sind Rehe, krankes und schwaches Rotwild sowie Hasen und Füchse. Er kommt auf 50 bis 60 Paarhufer im Jahr, das ist ein Tier pro Woche. Da er sein Beutetier nicht auf einmal vollständig auffressen kann, versteckt er es als „Lunchpaket" an einer markanten Stelle und kommt dann jede Nacht dorthin zurück, um sich daran zu laben. Nie verfällt der Luchs in einen Tötungsrausch. Er gibt sich stets mit einem Beutetier zufrieden. Selten reißt er Nutztiere und Menschensiedlungen meidet er von Haus aus. Ginge es nach dem

Willen des Luchses, würden sich Mensch und Tier niemals begegnen. Deshalb sind auch frei lebende Luchse völlig ungefährlich für Wanderer und Kinder. Mithilfe ihres außergewöhnlichen Gehörs, ihren sogenannten „Pinselohren", vernehmen sie den Menschen schon von Weitem, ziehen sich dezent zurück und verstecken sich im Unterholz.

Der russische Dichter Dostojewskij schreibt in seinem Roman „Die Brüder Karamasow": „Nichts fürchtet der Mensch mehr als seine eigene Freiheit". Was wäre, wenn Sie frei wären wie ein Luchs im Wald? Was wäre, wenn Sie nicht jeden Tag den Gesetzen des In-die- Arbeit-Gehen und Geld-Verdienen-Müssens unterworfen wären, sondern Ihren eigenen Lebenstraum erfüllen könnten? Was wäre, wenn nur Ihr eigener Wille zählen würde und sonst nichts? Die einfachste Methode den eigenen Willen zu erforschen und seine Ziele zu erreichen, ist die Technik des Visualisierens, indem wir unser Wunschziel in farbigen Bildern vor unserem geistigen Auge ausmalen. Kinder können das von Natur aus, wir Erwachsenen haben es verlernt. Also müssen wir wieder lernen wie Kinder zu träumen, um zu erfahren, was wir uns im geheimsten Winkel unseres Herzens ersehnen. Ein geistiges Gesetz besagt: Alles, wonach du dich sehnst, sehnt sich auch nach dir. Wahre Freiheit liegt in deinem Wesen, der zu sein, der du in Wahrheit bist. Der freie Luchs im Wald ist ganz Luchs, mit jeder Faser seines Körpers und seines Geistes. Er fordert uns auf, unser wahres Potenzial zu leben, unser Licht leuchten zu lassen und ganz Mensch zu sein.

Übung:

Nehmen Sie sich mindestens zwei Stunden Zeit für einen ausgedehnten Waldspaziergang. Gehen Sie allein und vermeiden Sie jedes Geräusch. Seien Sie achtsam wie ein Luchs. Lauschen Sie mit Ihren „Pinselohren" auf alles, was Sie im Wald hören: das Zwitschern der Vögel, das Summen von Insekten, das Krabbeln einer Maus, das Klettern eines Eichhörnchens. Gehen Sie mit offenen Augen durch den Wald und halten Ausschau nach Fußspuren oder Tieren in der Luft. Nehmen Sie die Rolle eines Luchses ein, der sich auf leisen Pfoten durch den Wald bewegt, immer bereit, sich zu verstecken. Gewinnen Sie dadurch eine neue Beziehung zur Natur, zum Wald, zu sich selbst. Entdecken Sie einen typischen „Luchs-Thron": einen Felsen, einen Stein, eine Bank mit Weitblick, wo Sie sich für ein paar Minuten niederlassen können. Schließen Sie die Augen und visualisieren Sie Ihr Wunschziel: der Mensch, der Sie gerne sein möchten; die Arbeit, die Sie mit Freude und Liebe verrichten würden; der Ort, wo Sie am liebsten wohnen würden.

Wenn Sie aus dem Wald, dem Revier des Luchses, heraustreten, werden Sie mit neuer Energie aufgeladen frohgelaunt in Ihren Tag zurückkehren können.

Luchsaugen

Unsere Sprache kennt viele Begriffe und Sprichwörter, die auf die Augen eines Luchses anspielen. Jemand, der „wie ein Luchs aufpasst", hat sehr wache Sinne und lässt sich nicht so leicht übertölpeln. „Abluchsen" meint, jemandem etwas wegnehmen, ohne dass es der andere merkt. Als „Luchsauge" bezeichnet man einen Menschen mit besonders guter Sehschärfe, der auch bei Nacht noch sehen kann. Der Ursprung des Namens „Luchs" geht auf einen indogermanischen Wortstamm zurück und bedeutet so viel wie „leuchten, strahlen oder funkeln". Deshalb nannte man früher den Luchs auch „Funkler". Im lateinischen Wort „lux", Licht, ist ebenfalls der Zusammenhang zwischen Luchs und Licht leicht zu erkennen.

Luchse besitzen eine unbestechliche Sehschärfe. Deshalb sind sie auch bevorzugt bei Dämmerung und in der Nacht aktiv. So wie eine Katze oft stundenlang vor einem Mauseloch sitzen kann ohne sich zu bewegen, lauert auch die große Waldkatze Luchs seinen Beutetieren auf. Wie ein dunkler Schatten löst er sich blitzschnell aus seinem Versteck und springt von hinten sein Opfer an. Noch bevor das Reh oder der Hase begreifen kann, was ihm geschieht, hat der Luchs es schon mit einem Biss getötet.

Luchsaugen schimmern und funkeln wie kostbare Bernsteine. Da der Luchs nicht zu uns sprechen kann, müssen wir nur in seine Augen schauen, um die Geheimnisse seines Luchslebens zu erraten oder von ihm Rat einzuholen. Auch in seinen Augen ist der Luchs also ein Kraft- und Seelentier. Träumt ein Mensch nachts von einem Luchs, bedeutet dies, dass ein Geheimnis darauf wartet gelüftet zu werden. Am schönsten hat die Äbtissin Hildegard von Bingen den Luchs und seine Augen in ihrer Naturkunde gepriesen. Sie schreibt: „Der Luchs geht immer seinem Willen nach und tut, was er will. Und weil er seinem Willen folgt, leuchten seine Augen gleich Sternen in der Nacht."

In dem Kinofilm „Avatar" von James Cameron besitzen die Eingeborenen große gelbe Luchsaugen, die entweder aus Begeisterung oder aus Furcht weit geöffnet sind und den Kinozuschauer anstarren. Bezeichnend ist, dass in der Schlusssequenz des Filmes nur diese weit geöffneten Luchsaugen zu sehen sind und der Zuschauer sofort weiß, dass dies nicht das Ende, sondern der Beginn eines neuen Filmes ist.

Der Volksmund sagt: Augen sind der Spiegel der Seele. In den Augen kann man die emotionale Stimmung eines Menschen ablesen. Aus den Augen kann der Schalk, der Humor und die Freude blitzen, in den Augen kann aber auch die Angst und das Misstrauen sitzen. Die Angst hat ihren Ursprung bei unserer Geburt, als wir den warmen schützenden Mutterleib verlassen und uns durch einen engen Kanal in eine fremde unbekannte Welt zwängen mussten. Man nennt dies die Primärangst. Wer als Kleinkind in einem harmonischen, liebevollen Beziehungsnetz aufwächst und viel Liebe erfährt, hat die Möglichkeit, diese Primärangst langsam zu überwinden und sie in Vertrauen und Liebe zu verwandeln. Wer nicht diese Geborgenheit und diesen Schutz in einem liebevollen Nest erfährt, wird in seiner Angst bleiben und diese noch vergrößern und als Erwachsener dann Zuflucht und Trost in allen legalen und illegalen Drogen suchen: Konsum, Macht, Karriere, Fernsehen, Alkohol, schnelle Autos, Rauschgift …

Wenn die Angst so groß wird, dass jemand das Leben mehr fürchtet als den Tod, ist der Zeitpunkt gekommen, innezuhalten und sich für den Quantensprung des Lebens vorzubereiten: durch die Angst zurück in das Licht und in die Liebe. Nelson Mandela sagte bei seiner Antrittsrede als erster schwarzer Präsident von Südafrika: „Unsere tiefste Angst ist nicht, dass wir ungenügend sind, unsere tiefste Angst ist, über das Messbare hinaus kraftvoll zu sein. Es ist unser Licht, das uns am meisten Angst macht, nicht unsere Dunkelheit."

Erst wenn wir so wie ein Luchs im Unterholz verschwinden oder uns in einer Höhle verkriechen, also in die Tiefen unseres Unterbewusstseins hinabsteigen und unserer Angst ins Gesicht schauen, können wir sie besser verstehen und sie in Licht und Liebe verwandeln.

Übung:

Treten Sie in Ihrer Wohnung vor einen großen Spiegel und betrachten Sie ruhig und aufmerksam Ihre Augen. Funkeln und schimmern sie nicht auch so wie die eines Luchses? Welche Stimmung können Sie aus Ihren Augen herauslesen: Freude, Schalk, Begeisterung, oder Angst, Furcht, Verzweiflung? Sprechen Sie laut und deutlich zu sich selbst:

„Ich bin bereit, meiner Angst ins Gesicht zu schauen und sie in Liebe zu verwandeln. Ich bin bereit, heute mein Licht leuchten zu lassen."

Bleiben Sie vor dem Spiegel stehen und atmen Sie tief und ruhig. Beobachten Sie dabei Ihr Gesicht und Ihre Augen. Verändert sich etwas? Entkrampft sich mit der Zeit Ihre Stirn? Löst sich die Spannung aus Ihrem Gesicht? Beginnen Ihre Augen zu leuchten und zu funkeln wie die eines Luchses?

Wiederholen Sie diese Übung mehrmals am Tag, so oft, wie Sie mögen.

Liebesleben

Im Februar ist in Luchs-Revieren ein lang gezogener, rauer Laut aus tiefer Kehle zu hören. Der männliche Luchs, auch Kuder genannt, sucht für die Fortpflanzung eine weibliche Luchskatze. Das Zusammensein der beiden ist kurz und heftig, denn sowohl der Kuder als auch die Katze sind passionierte Einzelgänger. Nach dieser intensiven Zeit, die meist nur ein paar Tage dauert, gehen beide wieder ihre eigenen Wege. In siebzig Tagen etwa wird das Weibchen ihre Jungen zur Welt bringen. Eine Luchskatze ist mit zwei Jahren geschlechtsreif, ein Kuder mit drei Jahren. Die Ranzzeit geht von Februar bis April. Mutter Natur hat dies so eingerichtet, damit die jungen Luchse im Frühjahr zur Welt kommen und möglichst große Chancen haben, den ersten Winter zu überleben. Die Mutter kümmert sich allein um die Aufzucht ihrer Jungen. Der Kuder hat sich schon längst aus dem Staub gemacht.

Gibt es Gemeinsamkeiten im Liebesleben von Mensch und Luchs? In der modernen Single-Gesellschaft scheint dies tatsächlich der Fall zu sein. Ob Single-Nacht oder After-Work-Party, Kontaktanzeigen oder Schlüsselparty – der Trend geht zu kurzen, aber heftigen Beziehungen, die am Ende der Nacht dann schon wieder vorbei sind. Die Verantwortung der daraus entstehenden

Folgen trägt meist die Frau, während der Mann schon wieder auf neuer Suche ist. Deshalb gibt es auch so viele allein erziehende Frauen, die auf staatliche Unterstützung angewiesen sind. Eine staatliche Unterstützung für die allein erziehende Luchskatze gibt es nur im Tiergehege, wo dafür gesorgt wird, dass die Jungtiere überleben können, während in freier Wildbahn die Hälfte aller Jungluchse den ersten Winter nicht überstehen.

Übung:

Ob Sie verheiratet oder Single sind, ob Sie einen festen Lebenspartner haben oder allein leben – machen Sie es wie der Luchs: Genießen Sie Ihren Sex, egal in welcher Form auch immer. Guter und inniger Sex öffnet die Tür in eine andere Welt, die jenseits unseres Verstandes liegt. Wissenschaftler sprechen von der „Zone" oder auch dem „Nullpunktfeld". Wer dieses Feld betritt, erfährt einen kreativen Schub und wird offen für tausend andere Möglichkeiten des Lebens, die das Tagesbewusstsein verstellt. So wundert es nicht, dass berühmte Maler, Musiker oder Schriftsteller oft ein ausschweifendes und intensives Sexualleben hatten oder haben.

Aber auch Meditation, Trancearbeit oder ausgelassenes Spielen und Lachen können neben intensivem Sex Zugang zu diesen ungeahnten Möglichkeiten verschaffen.

Luchshöhle

Wenn der Zeitpunkt ihrer Niederkunft gekommen ist, sucht sich die Luchskatze einen Bau, in dem sie ihre Jungen zur Welt bringt. Dies kann eine Höhle sein, eine Felsnische oder ein größerer Baumstumpf. Versetzen wir uns doch mal in die Lage der Waldkatze. Der Kuder hat sie seit geraumer Zeit schon wieder verlassen. Sie ist allein. Wenn sie Glück hat, sind es nur zwei Junge; wenn sie Pech hat, sind es vier oder fünf. Wie soll sie die hungrigen Mäuler stopfen und sich selbst dabei nicht vergessen? Die Lage scheint fast aussichtslos, denn sie kann auf keine Unterstützung rechnen. Nur der Selbsterhaltungstrieb und ihr Mutterinstinkt halten sie am Leben und geben ihr Kraft.

Befinden wir Menschen uns nicht manchmal in einer ähnlichen Lage? Ungewollte Schwangerschaft, Verlust des Arbeitsplatzes, Krankheit oder Tod eines Familienangehörigen, Depression, Alkoholsucht oder andere Widrigkeiten des Lebens können uns dermaßen zusetzen, dass wir uns in einen inneren Bau zurückziehen. Wir sind am liebsten allein, gehen nicht mehr aus der Wohnung, meiden andere Menschen und verlieren jeglichen Kontakt zu unserer Umwelt. Die Angst hat uns fest im Würgegriff und lässt uns nicht mehr los. Wer oder was kann uns dabei helfen, dass wir aus diesem

Loch wieder herausfinden? Zum einen der Selbsterhaltungstrieb, der auch in jedem Menschen steckt; zum anderen die Verantwortung für andere. Denn niemand ist eine Insel. Menschen sind durch unsichtbare Fäden miteinander verbunden und füreinander verantwortlich.

So ist es auch bei unserer Luchskatze. Wenn die Jungen erst einmal auf der Welt sind, trägt sie die Verantwortung, dass sie auch am Leben bleiben. Wie jeder Katzenbesitzer weiß, sind es niedliche Nesthocker, die bei der Geburt noch blind sind und erst nach zwölf Tagen die Augen öffnen. Die Mutter versorgt sie ganz allein. Die Jungen ernähren sich fast ausschließlich von ihrer Milch und werden fünf Monate lang gesäugt. Wenn die Katze auf Jagd geht, um Futter für sich zu beschaffen, muss sie die Jungen allein im Bau zurücklassen.

Das birgt auch Gefahren, denn Feinde lauern in freier Wildbahn überall. Wölfe, Füchse und Bussarde sind ebenfalls auf der Suche nach Essbarem. Wenn sie Glück hat, kann die Luchskatze im ersten Jahr die Hälfte ihrer Jungen durchbringen. Die andere Hälfte stirbt an Hunger, Krankheiten oder natürlichen Feinden.

Übung:

Nehmen Sie die größte Sorge, das schwerste Problem, das Sie momentan belastet. Ziehen Sie sich damit in Ihre Höhle, Ihren Bau zurück. Fühlen Sie die Angst, die sich wie eine Schlinge um Ihren Hals legt. Spüren Sie den Druck, den diese Sorge in Ihrer Magengegend auslöst. Lauschen Sie Ihrer inneren Stimme, die Ihnen einzureden versucht, dass alles aus ist und es keine Lösung für Ihr Problem gibt. Kommt Ihnen diese Angst nicht wie ein Ungeheuer vor, das sie am liebsten auffressen möchte?

Doch in Wahrheit ist es genau umgekehrt. Die Angst ist ihr bester Freund und bettelt bei Ihnen förmlich darum, dass sie sich auflösen und in Liebe verwandeln darf. Und so fürchten Sie nicht mehr das Ungeheuer in sich, sondern empfinden Mitgefühl für diesen Teil, der zu Ihnen gehört. Sprechen Sie zu sich selbst folgendes Mantra:

„Ich bin bereit, meiner Angst ins Gesicht zu schauen und sie in Liebe zu verwandeln. Ich weiß, dass es eine Lösung für mein Problem gibt. Mein Unterbewusstsein wird mir diese Lösung zeigen."

Wiederholen Sie dieses Mantra, so oft Sie mögen.

Wenn Sie spüren, dass Friede und Erleichterung bei Ihnen einkehren, können Sie

dieses Gefühl in sich abspeichern und anschließend die Übung beenden, indem Sie
sich strecken, gähnen und räkeln.

Auswilderung

Wenn die Jungluchse zehn Monate alt sind, müssen sie unweigerlich das „Hotel Mama" verlassen. Sie sind nun ganz auf sich allein gestellt. Ihr Erzeuger hat sich gleich nach seinem Vergnügen aus dem Staub gemacht. Die Mutter muss sich um die neuen Jungluchse kümmern und hat keine Zeit mehr für sie. Vielleicht haben sie einen gleichaltrigen Bruder oder eine gleichaltrige Schwester, mit der sie sich gemeinsam auf ihren Weg ins Leben machen, vielleicht sind sie aber auch ganz allein. In den vergangenen zehn Monaten hat der junge Luchs von seiner Mutter alles gelernt, was er zum Überleben in der Wildnis braucht. Er kann jetzt jagen und sein eigenes Futter besorgen, er weiß, welche Feinde in der Natur auf ihn lauern und er ist auf der Suche nach einem eigenen Revier. Auf welche Stimme soll er nun hören, da er ganz allein ist? Allein auf die Stimme der Natur und seine eigene innere Stimme. Er hat die Angst überwunden und folgt seinem eigenen Willen. Hildegard von Bingen hat recht, wenn sie in ihrer Naturkunde schreibt: „Der Luchs geht immer seinem Willen nach und tut, was er will. Und weil er seinem Willen folgt, leuchten seine Augen gleich Sternen in der Nacht."

Auch der Mensch kommt eines Tages in die Situation, wo er ganz auf sich allein gestellt ist und sich entscheiden muss. Ein Mann hat seinen Arbeitsplatz verloren und weiß nicht, wie es weitergehen soll. Eine Frau hat ihren gewalttätigen Mann verlassen und steht ohne Absicherung vor dem Nichts. Ein Jugendlicher hat seine Eltern bei einem Autounfall verloren und steht plötzlich ganz allein da. Eine junge Frau ist ungewollt schwanger geworden und weiß nicht, ob sie das Kind behalten oder abtreiben soll. Eine Familie ist über Nacht obdachlos geworden, weil eine Naturgewalt ihr Zuhause zerstört hat. Auf wen sollen die aus dem trauten Heim Geworfenen und Ausgewilderten nun hören? Wem sollen sie vertrauen? Den Politikern? Der Kirche? Der Gesellschaft? Den Nachbarn? Den Verwandten? Es ist wohl die schwerste Entscheidung im Leben eines Menschen, allein auf seine innere Stimme zu hören und ihr zu folgen. So wie es der Luchs macht. Denn jedes Mal, wenn ich andere bitte für mich zu entscheiden, gebe ich meine Macht ab und schwäche mich selbst. Wenn ich für mich entscheide, fließt mir Kraft zu – Seelenkraft, wie sie auch der Luchs besitzt.

Übung:

Suchen Sie einen typischen Luchs-Ort auf, wo Sie allein sind. Dies kann ein einsamer Platz in der Natur sein oder auch der Lieblingssessel in Ihrer Wohnung. Werden Sie still. Lauschen Sie auf Ihre innere Stimme. Es ist die Stimme Ihres Herzens, nicht Ihres Kopfes. Vielleicht hören Sie auch zwei Stimmen, die miteinander streiten. Dann kämpft der Kopf mit den Waffen des Verstandes gegen die Überzeugung des Herzens. Versuchen Sie, die Stimme des Herzens herauszufiltern und allein auf sie zu hören. Was sagt sie? Was wäre, wenn Sie dieser Stimme folgen würden? Was würde geschehen, wenn Sie plötzlich wie der Luchs keine Angst mehr hätten Ihren eigenen Weg zu gehen und alles möglich wäre? Was wäre, wenn jetzt endlich der Zeitpunkt gekommen ist, um Ihren Traum Wirklichkeit werden zu lassen?

Wenn Sie genug gelauscht und eine Botschaft vernommen haben, kommen Sie wieder in das Hier und Jetzt. Schreiben Sie am besten gleich auf, was die Stimme Ihres Herzens zu Ihnen gesagt hat. Legen Sie den Zettel in Ihr Luchsbuch. Wenn im Alltag die Zweifel wieder über Sie kommen („Das klappt ja doch nicht"), dann holen Sie den

Zettel hervor und lesen erneut, was Ihre innere Stimme zu Ihnen gesprochen hat.

Intuition

Der junge Luchs ist gerade ein Jahr alt, als er sich mutterseelenallein in freier Wildnis wiederfindet. Wohin soll er jetzt gehen? Nach links? Nach rechts? Geradeaus? Er entscheidet das nicht im Kopf, so wie der Mensch, sondern er geht einfach drauflos. Er folgt seiner Intuition.

Das menschliche Gehirn teilt sich in eine linke und rechte Gehirnhälfte. Neurowissenschaftler haben herausgefunden, dass beide Gehirnhälften nicht identisch arbeiten, sondern über sehr verschiedene Fähigkeiten verfügen. Grob vereinfacht gesprochen ist die linke Gehirnhälfte für alles zuständig, was als lineares, abstraktes und analytisches Denken bezeichnet wird. Sie versucht, alles logisch zu verstehen. Die rechte Gehirnhälfte dagegen steht für Intuition, Gefühl, Kreativität, Spielen und den ganzheitlichen Überblick. Im Idealfall arbeiten beide Gehirnhälften zusammen – so wie beim Luchs. Er folgt seiner Intuition, ist aber jeden Augenblick hellwach und bereit, einer möglichen Gefahr richtig zu begegnen.

Die Quantenphysik hat ferner herausgefunden, dass es nicht nur ein Universum, sondern unendlich viele Universen gibt. Sie spricht vom impliziten, unsichtbaren Universum, oft auch nur das „Feld" genannt, welches die expliziten Universen, die Welt der

Erscheinungen, hervorbringt. Die Form entsteht, existiert für eine kurze Zeit und fällt dann wieder in das Formlose zurück. Das implizite Universum ist formlos, aber nicht leer. Im Gegenteil: Es beinhaltet eine Energie unbegrenzter Potenz. Es ist aber nicht nur unbegrenzt und allmächtig, sondern auch allwissend – das heißt, in diesem Feld gibt es für jedes Problem unendlich viele Lösungen. Wenn der Mensch sich Zugang zu diesem Feld verschaffen könnte, stünden ihm unendlich viel mehr Lösungen zur Verfügung als sein begrenzter Verstand ihm je eingeben kann.

Übung:

Suchen Sie in Ihrer Wohnung Ihren Lieblingsplatz auf und schließen Sie die Augen. Stellen Sie sich vor, Sie sitzen in einem großen Kinosaal, und zwar Sie allein. Denn es läuft ein besonderer Film: Ihr Lebensfilm. In einem Zeitraffer von wenigen Minuten läuft Ihr Leben als Kinofilm ab, von der Geburt bis zu dem Augenblick, da Sie allein im Kino sitzen. Nun gehen die Lichter an, eine weiße Leinwand erscheint. Sie dürfen nun auf diese weiße Leinwand mit einem imaginären Stift eine Frage schreiben, die Sie im Augenblick am meisten bewegt, zum Beispiel: „Was ist der Sinn meines Lebens?" oder „Soll ich heiraten?" oder „Soll ich als Entwicklungshelfer nach Afrika gehen?" oder „Wie kann ich wieder eine sinnvolle Arbeit finden?"

Wenn Sie Ihre Frage auf die imaginäre weiße Leinwand geschrieben haben, wird es richtig spannend. Denn jetzt gehen die Lichter wieder aus und Ihr Lebensfilm läuft weiter. Welche Bilder tauchen auf? Welche Menschen sind zu sehen? Welche Musik läuft im Hintergrund?

Lassen Sie sich Zeit und erzwingen Sie nichts. Wenn es für Sie zu anstrengend wird, gehen Sie aus der Übung raus, indem Sie sich fest die Hände reiben und sich räkeln und strecken. Seien Sie nicht enttäuscht, wenn Sie nichts gesehen haben. Je öfter Sie diese Übung machen, umso mehr wird Ihre Intuition geschult. Bedenken Sie: Auch der junge Luchs ist durch eine harte Schule gegangen, bevor er von seiner Mutter ausgewildert wurde. Und jeder Tag, den er in der freien Natur verbringt, schärft seine Sinne und seine Intuition.

Achtsamkeit

Die Zwillingsschwester der Intuition ist die Achtsamkeit. Ein Luchs, der in der freien Natur lebt, braucht beides, um überleben zu können. Er folgt seiner inneren Stimme und er ist jeden Augenblick wachsam und im Hier und Jetzt. Er hirnt nicht, wo er gestern gewesen ist und wohin er morgen gehen könnte. Er ist jede Sekunde seines Luchslebens achtsam und registriert jedes kleinste Geräusch, das sich im Wald regt. Stundenlang kann er regungslos hinter einem Gebüsch kauern und einem Beutetier auflauern. Und wenn der richtige Zeitpunkt gekommen ist, geht er zum Überraschungsangriff über.

Wie anders verhält sich der Mensch! Er lebt die meiste Zeit in der horizontalen Linie der Zeit. Er sinniert über die Vergangenheit nach und spinnt Phantasien für die Zukunft. Da sein Verstand begrenzt ist, produziert er immer wieder Kopien seiner Vergangenheit. Er dreht sich ständig im Kreis und kommt nicht in die Gegenwart. Dabei ist die Gegenwart, das Jetzt, der einzige Zeitpunkt, um bewusst zu leben und seine Zukunft zu gestalten. Ein Weisheitslehrer wurde einmal gefragt, von wem er seine Achtsamkeit gelernt habe. Von einer Katze, antwortete dieser. Er habe nichts anderes getan als still eine Katze zu beobachten, die regungslos vor einem Mauseloch sitzt. So verhält sich auch der Luchs. Er lebt nicht in der Horizontalen, sondern in der Vertikalen. In der Vertikalen ist er jede Sekunde wachsam und präsent und offen für das, was kommt. Er sitzt regungslos da und lauert einem Reh, einem Fuchs oder einem Hasen auf, wohl wissend, dass der richtige Zeitpunkt kommen wird. Und wenn das Reh oder das Kaninchen rechtzeitig die Gefahr erkennt und verschwindet? Dann schleicht sich der Luchs auf leisen Pfoten davon. Die nächste Gelegenheit kommt bestimmt.

Übung:

Wenn Sie ein Haustier haben – das kann eine Katze, ein Hund, ein Hamster oder auch ein Vogel sein –, beobachten Sie jeden Tag mindestens fünf Minuten lang still dieses Tier. Wenn Sie ein Tier beobachten, sind Sie nicht im Kopf, sondern ganz achtsam im Jetzt. Beurteilen oder bewerten Sie nicht das Verhalten des Tieres, sondern beobachten Sie lediglich. Wenn Sie kein Haustier haben, können Sie auch Ihre Zimmerpflanze anschauen. Spüren Sie, wie still, wie bescheiden, wie ehrfürchtig die Zimmerpflanze in einer Ecke steht und ihren Frieden verströmt. Mit der Zeit werden Sie selber still und Demut, Friede und Ehrfurcht allem Lebendigen gegenüber ziehen bei Ihnen ein. Das ist achtsames Leben.

Sie können diese Übung noch steigern, indem Sie in die Natur gehen. Setzen Sie sich auf eine Bank in einem Park, der von Bäumen umgeben ist, oder gehen Sie in einen Wald. Achten Sie auf jedes Geräusch. Da singt ein Vogel. Da rauschen die Bäume im Wind. Da raschelt eine Maus. Da klettert ein Eichhörnchen flink einen Baum hinauf. Da fließt ein kleines Bächlein und das Wasser sprudelt vor Freude. Nehmen Sie ein Stück Erde in die Hand. Schauen Sie. Lauschen Sie. Staunen Sie. In diesen Augenblicken sind Sie in der Vertikalen und offen für Intuition und Achtsamkeit.

Luchsgedanken

Wir wissen natürlich nicht, was ein Luchs denkt. Aber eines ist sicher: Er denkt anders als wir Menschen. Der Mensch ist oft in seinem eigenen Gedankennetz gefangen. Er sinniert darüber nach, was in der Vergangenheit alles schiefgelaufen ist und produziert auf diese Weise nur Kopien dieser Katastrophenfälle. Der Luchs dagegen lebt ganz in der Gegenwart, anders könnte er in der Wildnis gar nicht überleben. Mit seinen Pinselohren ist er ständig auf der Lauer, am Antizipieren: Wo regt sich etwas im Wald? Wo lauert eine mögliche Gefahr? Wo befindet sich ein Beutetier? Wenn man der modernen Quantenphysik glauben darf, besteht im Universum alles aus Wellen. Auch der Luchs sendet mit seinen Pinselohren Wellen aus, um anschließend wieder Resonanzwellen zu empfangen und sie in seinem Gehirn zu verarbeiten. Diese moderne Form des Denkens ermöglicht ihm das Überleben in der freien Natur.

Auch der Mensch kann diese neue Art des Denkens lernen. Je stärker der innere Luchs sich in uns entwickelt, desto mehr können auch wir antizipieren und unsere Zukunft im positiven Sinn gestalten. Wir sind wachsam, gehen Gefahrensituationen aus dem Weg und lernen intuitiv zu entscheiden, ob eine bestimmte Arbeit oder andere Menschen uns guttun oder nicht. Auch in unsere Gedanken bringen wir mehr Klarheit und Disziplin. Wir alle führen ständig Selbstgespräche, in denen wir unser eigenes Verhalten oder das anderer Menschen bewerten und beurteilen. Oft sind unsere Gedanken destruktiv und auf mögliches Scheitern ausgerichtet, ohne dass uns das bewusst wird. Wir ärgern uns über andere und senden so negative Wellen in unsere Umgebung, die dann prompt wieder als Unverständnis, Kritik oder Aggression zu uns zurückkommen. Wir wundern uns darüber, geben dem anderen die Schuld und ahnen nicht, dass wir selbst der Auslöser für diese Reaktionen sind. Wenn wir dem inneren Luchs Zeit und Raum geben, lernen wir verantwortungsvoller mit unseren Gedanken umzugehen. Wir werden zu einem stillen Beobachter derselben und schauen sie an. Wir verurteilen uns nicht, wenn wir schlecht über andere denken, sondern lernen, negative Gedanken in positive zu verwandeln. Wir verstehen immer besser, dass unsere Gedanken von gestern unser Leben heute beeinflussen und unsere Gedanken von heute das Morgen erschaffen. Jeder Tag gibt uns die Chance für einen Neuanfang. Ein einziger Gedanke genügt. Diese Form des Antizipierens „luchsen" wir der scheuen Waldkatze ab und entscheiden uns so für mehr Glück und Freiheit.

Übung:

Beobachten Sie heute einmal Ihre Gedanken, die Ihnen so durch den Kopf gehen. Hören Sie Ihren Selbstgesprächen ganz bewusst zu, ohne sie zu unterbinden. Lauschen Sie Ihrer inneren Stimme. Schreiben Sie Ihre Gedanken auf. So wird Ihnen noch mehr bewusst, wie viel Gift und Unrat Sie täglich über sich und andere ausschütten. In einem weiteren Schritt können Sie damit beginnen, Ihre destruktiven Gedanken in ein helles Licht zu tauchen und sie so zu transformieren. Wenn Ihnen diese Übung gut gelingt, können Sie noch einen Schritt weiter gehen und gute Gedanken in Ihre Umgebung ausschicken: zu einem Arbeitskollegen im Büro, einer Kassiererin im Supermarkt oder einer Bedienung im Café. Bleiben Sie achtsam wie ein Luchs und schauen, was passiert.

Schneespuren

Der Luchs liebt den Sommer genauso wie den Winter. Er mag es, wenn die Sonne auf seinen Pelz scheint und er sich ausgiebig im Sonnenlicht strecken und dehnen kann und er hat Gefallen daran, im Winter durch hohen Schnee zu stapfen. Auch wenn der Winter eine harte Zeit für den Luchs ist, da er nicht so viel Nahrung findet und ihn oft der leere Magen quält, so hat Mutter Natur ihn ideal an diese Jahreszeit angepasst. Das Luchsfell ist das dichteste, das es im Tierreich gibt, und schützt ihn auch bei zweistelligen Minusgraden. Seine breiten Vorderpfoten bewahren ihn vor dem tiefen Einsinken in den Schnee. Da der Luchs sich immer achtsam durch den Wald pirscht, hat es den Anschein, als tänzle er leichtfüßig über den Schnee. Innere und äußere Motorik entsprechen genau den Anforderungen der Natur. Und so legt der Luchs auch im Winter in seinem Revier große Strecken zurück. Wer im Winter im Neuschnee Luchsspuren entdeckt, darf sich einen Glückspilz nennen: Der innere Luchs ist erwacht.

Übung:

Unternehmen Sie im Winter einen Schneespaziergang durch den Wald. Halten Sie Ausschau nach Tierspuren. Gehen Sie zuerst ein paar Minuten in Gedanken verloren durch den Wald, indem Sie über dies und das nachdenken und nicht präsent sind. Dann gehen Sie ganz achtsam und wach durch den Wald, hören auf jedes Geräusch, setzen Schritt für Schritt. Welchen Unterschied haben Sie festgestellt? Richtig, beim achtlosen Gehen sind Sie immer wieder tief in den Schnee eingesunken; beim achtsamen Gehen sind Sie ganz selten eingesunken. Wer achtsam geht, fühlt sich leichter, ist ganz im Hier und Jetzt, so wie ein Luchs. Auch hier fließen Ihnen Seelenkräfte zu, die Ihr Leben leichter machen.

Innere Akzeptanz

Soll der Luchs wieder in unsere Wälder zurückkehren und erneut heimisch werden können, geht es auch um die innere Akzeptanz des Menschen, diesem scheuen Waldtier einen Lebensraum zuzugestehen. Der Luchs braucht nicht nur große zusammenhängende Waldgebiete, wie sie im Böhmerwald und Bayerischen Wald vorgegeben sind, sondern er braucht auch unsere Zustimmung, dass er bei uns wieder heimisch werden darf. Unsere Einstellung dem Luchs gegenüber muss sich ändern. Er ist nicht mehr das verabscheuungswürdige Raubtier, das auf Kosten der Jägerschaft und Bauern Wild und Nutztiere reißt, sondern er spielt eine wichtige Rolle im ökologischen System des Waldes. In den Zehntausenden von Jahren, in denen er frei in den Wäldern lebte, hat er seine Beutetiere nie ausgerottet. Das Gleichgewicht im Kreislauf der Natur wird von ihm gewahrt, denn Tier- und Pflanzenwelt sind eng miteinander verwoben. Das wird am Beispiel des Luchses besonders deutlich. Er unterstützt die Verjüngung des Waldes, indem er allein durch seine Anwesenheit den Rotwildbestand in seinem Revier auf Trab hält und damit den Waldverbiss durch Rehe, die heute in großer Anzahl die Wälder durchstreifen, verringert. Der Luchs hält ebenso den Rehbestand in einem der

Waldgröße entsprechenden moderaten Rahmen und sorgt für ein natürliches Gleichgewicht in der Natur.

Das Luchsgehege ist eine Sondersituation, die einem Nationalpark wie im Bayerischen Wald auch gerecht wird. Der in seinem Gehege eingesperrte Luchs wird zu einem Botschafter für den frei lebenden Luchs. Beide haben ihre Existenzberechtigung. Nur in einem Gehege kann diese scheue Waldkatze vom Menschen beobachtet und bestaunt werden; in freier Wildbahn begegnen sich Mensch und Tier so gut wie nie. Deshalb muss beiden Existenzberechtigungen die innere Akzeptanz des Menschen folgen, soll der Luchs überleben und in unseren Wäldern wieder heimisch werden dürfen. Im Nationalpark Bayerischer Wald ist dies in beeindruckender Art und Weise gegeben. In den beiden großen Luchsgehegen in Ludwigsthal und bei Neuschönau findet diese Katze ein großräumiges natürliches Revier vor. In freier Wildbahn wird die Neuansiedlung des Luchses durch das Luchsforschungsprojekt des Nationalparks positiv unterstützt. Wenn Menschen, Tiere und Natur in einem harmonischen Miteinander existieren dürfen, erfüllt sich auch die Vision der Bibel vom Paradies auf Erden.

Übung:

Suchen Sie in Ihrer Wohnung Ihren typischen „Luchs-Ort" auf. Das kann eine stille Ecke oder ein Sessel oder auch ein Sonnenplatz auf dem Balkon sein. Entspannen Sie sich und schließen Sie die Augen. Wann haben Sie das letzte Mal einem anderen Wesen, egal ob Mensch, Tier oder Pflanze, etwas Böses getan und es absichtlich verletzt oder weh getan? Und wann haben Sie das letzte Mal einem anderen Wesen etwas Gutes getan, gelobt, gefördert oder unterstützt? Können Sie beides annehmen und für beide Erfahrungen dankbar sein? Im Menschen wohnt sowohl das Raubtier Luchs, das in freier Natur ein Reh reißt als auch die niedliche Katze Luchs, die im Gehege auf und ab läuft und mit der man am liebsten schmusen möchte. Gut und Böse – Existenzformen des Menschen und der Tiere. Beide haben ihre Berechtigung. Nehmen Sie beides an. Dann ist der innere Luchs in Ihnen erwacht. Spüren Sie, wie Luchskräfte Ihnen zufließen: Achtsamkeit, Intuition, Konzentration?

Wenn Sie die Übung beenden möchten, strecken und räkeln Sie sich wie ein Luchs und gehen dann gestärkt in Ihren Tag.

Der Tod als Begleiter

Dreimal dürfen Sie raten, wer der größte Feind des Luchses in der freien Natur ist. Richtig: Es ist der Mensch. Der Luchs, erst recht der Jungluchs, der noch nicht so viel Erfahrung im Überlebenskampf in der Wildnis hat, hat ständig den Tod als Begleiter an seiner Seite. Überfahren, erschossen, erschlagen, vergiftet – das sind die häufigsten Todesarten für die scheue Waldkatze mit den Pinselohren und dem Stummelschwanz. Unter den Menschen sind es vor allem die Autofahrer und die Jägerschaft, von denen die meiste Gefahr für den Luchs ausgeht. Wenn der Luchs keine zusammenhängenden Waldgebiete vorfindet und innerhalb seines Reviers stark befahrene Straßen überqueren muss, kommt es immer wieder zu Unfällen mit tödlichen Folgen für den Luchs. Aber auch die Jägerschaft hat großes Interesse daran, dass der Luchs nicht Fuß fassen kann, sieht sie in ihm doch einen Konkurrenten für den Abschuss des Rotwildes. Grotesk, wenn man bedenkt, dass der Luchs in Mitteleuropa in einem großen Gebiet ein Reh pro Woche erbeutet, während zur gleichen Zeit eine viel größere Anzahl von Rehen ebenfalls dem Straßenverkehr zum Opfer fällt. Illegale Abschüsse sind ferner eines der größten Hindernisse, die sich einer erfolgreichen und nachhaltigen Rückkehr des Luchses in den Weg stellen. Manchmal kommt es auch vor, dass der Luchs von besonders rohen Menschen in Kastenfallen gefangen und dann erschlagen wird. Ein besonders trauriger Fall ereignete sich in jüngster Vergangenheit. Eine Luchskatze wurde tot im Wald aufgefunden; in unmittelbarer Nähe lag ein toter Rehbock. Eine Obduktion beider Tiere ergab, dass der Rehbock von Unbekannten vergiftet und dann im Wald abgelegt worden war. Die Luchskatze hatte von dem toten Rehbock gefressen und war daran gestorben. Ihre beiden Jungen blieben verschwunden. Wenn sie ebenfalls von dem vergifteten Rehbock gefressen hatten, hätte der oder die Giftmischer eine ganze Luchsfamilie auf einen Schlag ausgelöscht. So können wir verstehen, dass der freie Luchs den Tod als ständigen Begleiter an seiner Seite hat, auch wenn er noch so achtsam ist.

Gerade im Nationalpark Bayerischer Wald, wo die Natur sich ohne Zutun des Menschen frei entfalten darf und neuer Urwald entsteht, wird die Vergänglichkeit aller Lebensformen besonders deutlich. In den 80er und 90er Jahren des letzten Jahrhunderts brachte durch extrem heiße Sommer und milde Winter ein vermehrter Borkenkäferbefall den Hochlagenwald fast ganz zum

Absterben. Die toten Fichtenstämme, die wie Skelette in den Himmel ragen, vermitteln auf den ersten Blick ein schreckliches Szenario. Doch wer tiefer sieht, erkennt, dass aus kleinen Fichten, Tannen und Ebereschen ein neuer Wald heranwächst. Wer die Vergänglichkeit aller Lebensformen erkennt und annimmt, über den kommt ein Gefühl des Friedens. Der Tod ist nicht das Ende, sondern ein Übergang, eine Transformation von einer Lebensform in eine andere.

Wie ist das bei uns Menschen? Wenn Mensch und Tier eines gemeinsam haben, dann dies, dass beide irgendwann sterben müssen. Wenn wir wüssten, dass der Tod auch in unserem Leben ein ständiger Begleiter ist, würden wir dann noch gedankenverloren bei Rot über die Kreuzung gehen oder auf der Autobahn mit 200 Sachen mit dem Handy telefonieren oder jeden Tag eine Schachtel Zigaretten rauchen? Oder würden wir achtsamer leben und öfters auf unsere innere Stimme hören?

Übung:

Heute möchte ich Sie mit der radikalsten Übung vertraut machen, die ich kenne: den eigenen Tod als Ratgeber für ein gelingendes, sinnerfülltes Leben einladen. Was wäre, wenn Sie nur noch einen Tag, eine Woche, einen Monat oder ein Jahr zu leben hätten? Schließen Sie die Augen und geben Sie sich dieser Vorstellung hin. Was würden Sie in Ihrem Leben sofort ändern? Welchen unnötigen Ballast würden Sie abwerfen? Welchem Herzenswunsch würden Sie folgen? Was ist jetzt noch wichtig? Was zählt im Angesicht des Todes? Wissen Sie was? Tun Sie es! Jetzt!

Luchs-Weisheiten

Es gibt Fußball-Weisheiten und es gibt Luchs-Weisheiten. Erstere werden von sogenannten Fußballexperten auf medialen Pressekonferenzen einem großen Publikum unterbreitet und sind meistens nichtssagend, zum Beispiel „Nach dem Spiel ist vor dem Spiel"; „Die Mannschaft spielte desolat" oder „Das nächste Spiel ist das schwerste". Luchs-Weisheiten dagegen gehen in die Tiefe und werden in der Stille von Tier zu Mensch übertragen. Wer schon einmal einem Luchs gegenübersaß, ein paar Meter entfernt, nur durch einen Maschendraht getrennt, der spürte eine besondere Atmosphäre. Die Luft knisterte, die Augenschlitze des Luchses wurden immer enger und plötzlich zuckte eine Idee, ein Gedanke durch den Kopf des Beobachters. Diese Idee, diesen Gedanken bezeichne ich als Luchs-Weisheit. Jeder wird seine eigene finden. Folgende Weisheiten sind mir beim stillen Betrachten eines Luchses zugeflogen:

Sein ist wichtiger als Schein.

Achte jedes Tier und jede Pflanze als deinen Bruder und deine Schwester.

Erkenne dich selbst.

Entschleunige dein Leben.

Werde der du bist.

Alles, was du nicht wertschätzt, geht dir verloren.

Das Leben ist schön und geheimnisvoll.

Schweigen ist Silber. – Staunen ist Gold.

Alles, was du tust, geschieht aus Liebe oder aus Mangel an Liebe, aus Bewusstheit oder aus Mangel an Bewusstheit.

Es gibt weder einen Himmel noch eine Hölle, sondern reines Bewusstsein, ewigen Geist.

Lebe jetzt!

In geistiger Verwandtschaft zur Luchs-Weisheit steht das Luchs-Mantra. Mantra ist ein Begriff aus dem indischen Sanskrit. „Man" steht für „denken" und „tra" bedeutet „beschützen" oder „befreien". In Zeiten innerer Anspannung und emotionaler Erregungszustände kann das wiederholte Rezitieren eines Mantras helfen, innerlich ruhig zu werden. Ein Mantra besteht aus einem Satz, einem Vers oder manchmal nur aus einem Wort. Als besonders geeignet erweisen sich Mantras, die Wörter mit einer hohen Schwingungsfrequenz enthalten. Gläubige Christen verwenden das Mantra „Jesus, Sohn Gottes, erbarme dich meiner". „So ham" verkörpert ein kraftvolles Mantra im Hinduismus und heißt übersetzt: „ Ich bin, der/die ich bin". Buddhisten benutzen folgendes Mantra: „Om mani padme hum" (Mitgefühl für alle Wesen). Menschen, die nicht an ein höheres Wesen glauben, können so sprechen: „Friede und Liebe seien allezeit in und mit mir". Den „inneren Luchs" aktivieren wir mit dem Mantra „Ich bin achtsam wie ein Luchs". Neurologen bestätigen, dass das Rezitieren eines Mantras eine beruhigende Wirkung auf unser Gehirn auslöst. Emotionen verlieren ihre Macht, der Geist kommt zur Ruhe. Jede Wiederholung des Mantras verstärkt die Wirkungskraft und lässt es so zu einer persönlichen Zauberformel werden.

Beim Betrachten eines Luchses im Gehege oder beim Anschauen von Luchsbildern habe ich folgende Luchs-Mantras entdeckt:

Ich bin achtsam wie ein Luchs.

Ich bin frei und gehe meinen eigenen Weg.

Ich liebe das Leben und bete die Sonne an.

Ich bin ein Geschöpf Gottes mit einer unsterblichen Seele.

Ich verdiene es, mit Achtung und Respekt behandelt zu werden.

Ich höre auf meine innere Stimme.

Ich vertraue meiner Intuition.

Ich bin in Frieden und Einklang mit mir selbst und der gesamten Schöpfung.

Ich suche und finde die Freude, den Frieden und das Glück in mir selbst.

Ich bin überzeugt und überzeuge andere von meinen wundervollen Fähigkeiten.

Ich bin ein starkes und liebevolles Alpha-Tier.

Ich bin ein freier Luchs-Geist.

Ich bin Bewusstsein.

Ich bin Stille.

Ich bin das ICH BIN.

Übung:

Betrachten Sie die Luchsfotos in diesem Buch und finden Sie Ihre persönliche Luchs-Weisheit und Ihr persönliches Luchs-Mantra. Nehmen Sie sich einige Minuten Zeit und wiederholen Sie in der Stille immer wieder dieses Mantra. Auf diese Weise wird das Mantra zu Ihrer ganz persönlichen Zauber-formel. In Zeiten innerer Anspannung hilft Ihnen das stille Rezitieren des Mantras, wieder ruhig und gelassen zu werden. Wenn Sie abends ins Bett gehen, wiederholen Sie dieses Mantra, bevor Sie in den Schlaf sinken. Es arbeitet für Sie in der Nacht und hilft Ihnen, Ihre persönlichen Ziele zu erreichen.

Luchs-Lied

Wo der Luchs die Bahnen zieht, da bin auch ich zu Haus; vom schönen grünen Bayerwald träum ich jahrein, jahraus. Ich sitz so gern am Rachel-See, zur See-Wand hoch ich späh'; dort fühl ich mich dem Luchs so nah, auch wenn ich ihn nicht seh'.

Nach 'ner kleinen Brotzeit dann nehm ich den Rucksack auf. Und wander weiter auf den Berg zum Gipfelkreuz hinauf. Auf halbem Wege liegt ein Platz, so still und so vertraut; ich freu mich wie ein kleines Kind am Heilig-Abend darauf.

Rachel-Kapelle im Licht – unter mir der See.
Rachel-Kapelle im Licht – über mir der Himmel.
Rachel-Kapelle im Licht – um mich herum nur Stille.
Rachel-Kapelle im Licht – in mir der Friede.

Wenn der Specht die Bäume klopft, dann lausche ich ganz still; wo der Luchs die Kreise zieht, da zieht's mich immer hin. Ich kenne einen Platz im Wald, dort ist es wunderschön; ich mein' die Kapelle am Rachel-Hang, wo ich so gerne bin.

Rachel-Kapelle im Licht – unter mir der See.
Rachel-Kapelle im Licht – über mir der Himmel.
Rachel-Kapelle im Licht – um mich herum nur Stille.
Rachel-Kapelle im Licht – in mir der Friede.

Anmerkung:
Der freie Luchs streift gern durch das Rachel-Lusen-Gebiet im Nationalpark Bayerischer Wald.

Der Autor

Herbert Gerstl, 1956 im Bayerischen Wald geboren, Theologe und Buch-Autor, wandert gern auf den Spuren des Luchses im Nationalpark Bayerischer Wald.

Buchempfehlungen:

Karl Friedrich Sinner,

Günter Moser:

Waldwildnis grenzenlos,

Nationalpark Bayerischer Wald

Susanne Fischer-Rizzi,

Nomi Baumgartl:

Mit Tieren verbunden

Die geheimnisvolle Beziehung zwischen

Mensch und Tier

Eckhart Tolle:

Jetzt!

Die Kraft der Gegenwart